한 번쯤
꽃의 언어로 물어야겠다

이율 시집

목차

『한 번쯤 꽃의 언어로 물어야겠다』

1

무수한 침묵으로

2

피어난 마음으로

3

드넓은 꿈으로

시인의 말

오랜 침묵은
아름다운 이 순간
피어나기 위함이었음을

2024년 봄이 될 어느 겨울밤
이율

1

무수한 침묵으로

꽃봉오리

꽃봉오리 너는 지금

무얼 기다리나
무얼 기억하나
무얼 기대하나
무얼 기약하나
무얼 기도하나

겸허히도 굽은 모습으로
오래도록 껴안은 인내가

가히 숭고하다

달

밤의 눈동자
달

검은 밤이 되어서야
그 눈을 뜬다

육신이 잠든 사이
깨어나는 영혼처럼

어디서도
너의 눈동자는 나를 비추었고
나의 눈동자는 너를 담아서

어김없이 포개지던
우리의 초점은
오랜 밤의 안식이었다

산새

산세가 험하다 하여
우지마라 산새야

너는 새야
날 수 있다

우러러보지도 못할 만치
비상하려무나

나비

나비가 아니라면

꽃잎 두 장
고이 맞물려
날아야지

나비가 아니라서

도리어
향기롭기만 하다

비

하늘아

그 얼마나
섦은 슬픔이었기에

뭉게한 구름 빌려다
푸르렀던 얼굴을 감추었나

무심히도 넘쳐흐른
너의 눈물은
비가 되어 내리고
내 눈에 닿아 울고 있다

석양

정든 석양을
잔잔히 두르고

붉은 섬광 아래
나누었던
밀어가 있어

내일도
너는 해에 뜨고
나는 눈을 뜬다

꽃

꽃을
꺾지 마라

꽃아
꺾이지 마라

꺾이려
예쁜 것이 아니다

은하수

열대우림 한가운데
수천 마리 반딧불이
나를 두른다

살아서 날으는
치묵(緇墨) 속 노란 별이
사방에 떠오르며

뽀얀 팔뚝에
살포시 내려앉은
너와 함께
은하수 되었을 때

나는 이 밤을
몽환이라 하였다

진심

순수를 향해
허락을 구하는 법이 없는 태풍은
거센 상처로 불어 든다

매섭게도
드러눕히기에

엎드려 누워 심장을 덮었다

그렇게나마 지켜 낸
진심이었다

수평선

먼발치 수평선에
시선을 띄우니

한낮
강렬한 태양 빛에
모든 것들 섞여 간다

이내 곧
하늘은 바다에 잠기고
바다는 하늘에 잠기어

서로 옮아
구분이 없다

경계에 묶인
우리네 무엇들
이러하기를

하늘도 바다라

바다도 하늘이라

여기며

선을 긋지 않는 순간

커지던 세상이다

그림자

영혼의 테두리
너에게서
적나라한 나를 본다

삶에 임하는
걸음걸이
속도와 방향에 이르기까지

속절없이 빼닮아
절로 성찰이 인다

색을 달리할 줄도 모르고
괜한 치장할 줄도 모르는

너를 보며
자꾸만 정직하게 걷고 싶다

생에 가장 맑은 어두움
나의 그림자
그 연연함에 대하여

날개

잠자코 있는
나비의 길몽을 엿본다

소스라치며 깨어난 너는
펼치고서야

꿈이 아니었음을 안다
꽃잎이 날개임을 안다

휘휘
하늘을 나는 꽃
나비다

너는 날아서
비로소 핀다

강물

물줄기에
같게 흐르는 이 없어도
다르다 여길 이 없다

그 끝이 어딘지를 모르면서
아는 듯이 향해가는

너는 강물이여
나는 삶이었다

바람

바람이 부는가
꽃잎이 날갯짓 하듯 흔들리는데

바람이 거세었는가
꽃잎이 날아가 버리고 마는데

나비였구나

침묵

꽃이 피려거든

그저
침묵으로 환대하라

오직
침묵으로 환대하라

뿌리

진심은
소리 내지 않는다

뿌리였던가
땅속에 제 평생을 지어 놓고

영영 묻혀서도
열매 맺는 기적을 거행한다

잠재된 모습만으로
무한히 뻗어가는

위대한 적막이다

꽃내음

희게 펄럭이는
꽃내음이

안팎을 휘감으며
내내 구애를 하다

유유히
사그라든다

밀려들 감동을
한정하지 않은 채

운치를 더한다

지중해

지중해 바닷속으로
가라앉으며

하늘의 정반대
다른 푸르름에
다다른다

수면에 젖어 든 빛이
멀어져 흐릿해질수록

심해의 고요를 향해
박동하는 심장은

모래를 스치는 파도인 듯
숨이 거칠다

우리는
이생을
찬란히 유영하기 위해

뱃속부터
신비로움에 잠겨
홀로 섰다
대신하여 헤엄쳐 줄
그 누구
없음을 안다

다시
떠오르며

바다에게
배우는
거대한 바다

사랑

계절도 잊은 채
줄줄이 잇는 향연들

갚지도 못할 온도에
행복하여

널뛰는 내면이
풋풋하다

자진하여 앓는 일이
이렇게나 아름답다

이토록
사랑이다

가시

부드러운 꽃대에
그렇지 못한 가시가
돋아난다

나를 지키려
질긴 막을 뚫은
뾰족함
가감 없이 드러낸다

때로는 그것이
가늘고 얄팍한 변명으로
스스로를 가두는 창살로
여겨진다 하여도

섣불리
에두를 것 없던
기다림만이

장미라 불린다

만월

창백한 얼굴 뒤
동경의 이면에서

상기된 마음이 접혀
소실 될수록

그럴수록
스스로 빛을 발하는 사람이 되어갔다

저편에
어두울수록 밝아지는
만월처럼

초원

나의 입가에서 뛰어오른 말이
초원 위를 달려간다
돌아서지 않을 것처럼

그랬으면서
똑 닮은 말들 한데 불러내
무리 지어 돌아온다

아름다운 말이 가서는
아름다운 말만 데려오더니

지난 여름날엔
고백을 엎고 가
내리 멈춰서도 좋을
사랑을 몰고 왔다

혹여
이곳으로 돌아오지 않아도 괜찮다

어디든 가
이롭게만 다다른다면
그곳이 너에겐 낙원일 테니

윤슬

잔잔한 호수

그 물결 위에 앉은
빛의 형상이
잔상으로 남겨질 때까지

부셔오는 윤슬
마주함은

세상에
여전한 희망의 존재 앞에서

위안을 얻는 것이었고
확신을 보는 것이었다

여름

봄이 우려낸
아카시아꽃 향은

콧등에
내려앉아

나지막이
귀환을 알렸다

매혹의 여름이
코앞이다

물결

얼어붙은 마음이라 하겠지만
그 밑은
현현히 흐르고 있다

억지 깨트려
애써 들여다보지 않아도

빛이 스미면
어련히 녹아
물결 될 것을

이 겨울 언 강물은
그 봄 내리쬐는 햇살에
반짝일 것을

바람결

어스름한 저녁
이슬 머금은 바람결들
살랑 불어와

작고 짙은 소리에 기울이라
귀를 덮은 머리칼을 넘긴다

그러는 바람에
목덜미는 여지없이
묵념을
고고히 한다

섬

섬을 자욱이 감도는
은빛 행운들이
못내 아쉬워

아무도 없는 해변가에
족적을 남기니

물살로 더듬어 지우고는
추억만을 두둑이 챙겨주는
섬이다

이곳에서 취한 건
이곳에 두고
가벼이 가라 한다

낙엽

낙엽들이 오랜 미련을 스치며
낙하한다

메마른 지난날
놓아주지 못해

두 손 가득
켜켜이 담을수록

바스락거리며
부서지는
단념을 본다

허공

허공을 휘젓는
나른한 손짓에

아련한 갈망이
잔뜩
묻어 있다

쥐어진 듯
다시 손가락 사이로 흘러
불현듯 사라지는
무심한 너는 무엇이었나

홀로 남겨진
이 감촉은 무엇이어야 하나

물고기

물고기는
물 밖으로 나온 적이 없었지

깊은 들숨을 참고
풍덩
공기 속으로 빠졌기에

가장 편히
숨통들 트이는
각자의 거기에서

우리는 여한 없이
출렁이기로 한다

갈대

강가에 선 갈대들
아스라한 한탄을 업고
우수수 서성인다

달리 갈 데가 없어
달래보는 갈대들의

비스듬한 옆모습이
처연하다

몽마르뜨 언덕

몽마르뜨 언덕에 올라
두 팔 벌려
취한 노을에
한껏 취한다

나는 너에게
황홀히 항복한다
지면서도 행복하다

나는 너에게
지는 승리를 배운다

주홍빛으로 달궈진 구름들도
그런 마음 전하려
주위를 맴도는

낭만
앞에 있다

씨앗

씨앗 한 톨
그 안에
큰 숲을 숨기고

모래알
동그란 콩벌레
알알이 떨군 열매인 척

흙밭에 누워
하염없이 미혹한다

그 작은 시초는
무엇을 겨누는가

갈색 천지에서
모호하던 너는
기어코
종국에 보여주고야 만다
광활한 꿈을

그날은
더없이 맑은 공기를 거닐었다

영원

휘저어진 흙탕물 앞에서도
기다리면 떠오르던
맑은 물

보이는 것을 믿을 바에
믿는 것을 보려 하니

그 어떤 산란함도
잠재워진다

큼직하고 자잘했던
잦은 인내들 뒤에

속삭여야 할 영원을
본다

2

피어난 마음으로

만개

한기 만연한 절기에
구태여
만개하려 들지 않는다

생기 담아내기 위한
감내들
마다하지 않는다

꽃은
그렇게 핀다

흰 나비

각별하다 여길 때면
곧이어
어디선가 날아드는
흰 나비

너는 분명 나를
위로했고
축복했다

너는 어쩌면
사무치게 그리운
백발의 그 누구였는가

나비는
꽃을 향해 날아드니

우리
함께인가 보다

꽃말

저마다의
들썩임을 겪으며

새긴
사명이 인간에게는
그런
꽃말이 꽃에게는
있다

작약은 시작을
수국은 이해를
백합은 순결을
장미는 사랑을
하려 한다

우리는
이름으로 불려
그 뜻을 다하려는 것들이다

언젠가
큼지막한 해바라기
무심코 건네던 너는

나에게
차마 전할 수 없는 것을
전하려 했는지도 모른다

한 번쯤
꽃의 언어로
물어야겠다

혹
영원
하려 했느냐고

안목

세상을 바로 보고 싶어
두 눈을 모두 감는다

크게 뜬 눈에는 가려진
내 안에서 보여진
진정한 상들이

그제야
떠오른다

영혼의 안목은
그렇게
길러진다

구름

결코
멈춘 적 없는
뭉근함이다

이 웅장한 행진을
가늠할 리 없는
가벼운 소음들에
개의치 않고

그저
온 힘 다해
전력으로 있다

나는 구름이여

묵묵히 그러나 묵직함으로
온 세상
감싸고 누빌 것이다

나답게
가고 있다

안개꽃

어여쁜 눈가에
은은한 안개꽃들
폴폴 돋아난다

구슬피
우는 너를
품에 기울이고

나는 아무런 말이 없이
조용하게

빗는다
굴곡들 부드러워지도록

빗는다
엉킨 구석들 풀어지도록

그 울음
웃음 되고

회복해

행복하니

더 바랄 것 없다

운무

지상에
부질없는 상념들
괜한 운무를 피운다

가려는 시기에
가려지던 시야에도

꽃은
꽃힌
어떠한 믿음으로

꿋꿋이
안개를 거두어 간다

이제
빛에 씻긴 세상을 가르며
넉넉히 포근하다

향기

두 눈이 향기 마시는 줄도 모르고
앞서 나아가 무엇 하나

더욱 제대로 머물기도 전에
서둘러 지나침이 없도록

상냥한 냉정으로
순간만을
몰두하니

진귀한 모험들
연거푸
나를 적셔 온다

파도

백사장 부딪히면
낱낱이 펼쳐지던 너는
해수의 꽃잎인가

백사장 곱게 쓸어
환호받을 순간에
더 큰 겸손으로
물러나는 너는
파도인가

그러니
흘러든 그곳으로
다시금 흐르던
선행인가

사월

겨우내
안개 속에 나타나던
녹색 환영들은

사월을 만나
숲의 정령 되니

굶주린 영혼에
호화로운 감성들
마구 차오른다

이제 너는
봄이라 읽힌다

날씨

변덕스런 날씨에도
꽃은
설 곳을 달리하지 않는다

여지없이 부딪히던
안쓰러운 결심들에도

차갑게 식어 가고
뜨겁게 타오르는
변모로만 자신을 문지를 뿐

꼿꼿한
꽃의 지조만큼은
시드는 법을 몰라야만 한다

계절

백의 계절이
모든 기적을 삼키고

세상의 채도가
낮게 잠겼음에도

홀로 남아
서성이는
꽃 한 송이

우두커니
고독을 왼다

아직은
전하지를 못하여
다하지를 못하여

지지를 못해
거기 있을 너에게

각별한
지지를 보낸다

봄바람

봄바람 이를 때마다
이 몸 휘어지도록
영유하는
꽃의 숨결이다

홀가분히 나풀거리며
움츠러들지 않는 자유 앞에
멎은 심장은

경쾌한
꽃의 영혼을 만난다

꽃잎

막 피어난 꽃잎에

나의 살갗을
오래전 태어난 삶을
얹는다

고상함의 극치 위에서

또 한 번의 추앙을
얻는다

나이테

여간
겁이 나던 세상

겹겹이
덧대어

꽃잎은
꽃이 되어
아름답기로

나이테는
나무가 되어
단단해지기로 한다

두터워진 나는
더는 두려움이 없다

수피

설레임 드리우던
아름드리나무 아래서

화관으로 씌워지던
금빛 햇살과

수피에
부끄러이 꽂아 둔 고백

풍년이면 되뇌일
이 몽롱함들
챙겨와

거기서
우리 다시
만남이기를

봉숭아

건드리지 말아 달라던
제 꽃말
무색하게도

짓누를수록
걸어진 꽃물이다

소녀의 입꼬리
끌어올리며

봉숭아의 다홍은
칠월을
온통 물들였다

둥지

나무의 정수
그 꼭대기에 둥지를 튼
한 마리 철새가 되어

저기
한창 날고 있는 새의
기분만을 묻지 않고

여기
활자 주워 시를 엮듯
나뭇가지 주워 날랐을 새의
정성을 본다

이런 한 마디에는
그런 터에는

떠 있는지도 모를 만치
견고한 평화가 있다

소나기

비를 피할 길을 몰라

내리는 물들
모조리 맞고

그러한 연유로
너를 맞았다

그해 여름

비극 같던 소나기는
나를 두드려 깨운
희극이었다

눈

눈길 위로
발자국 내려
또렷한 음표를 그려 댄다

그렇게
소복한 눈은
뒤집혀 곡이 된다

다시는 쓰여질 수 없는
이 선율의
마지막 음을

숨 가뿐 줄 모르고
뛰노는 넌
어디에서 울려 오려나

잡초

땅으로 짓밟으며
가라앉으라 할수록

나는 더 넓게
퍼지는 것이다

하늘로 향한 기세
깎으려 할수록

나는 더 억세게
솟아나는 것이다

아무렴
잡초답다

희로애락

희로애락을 타지 않고
어찌 인생을 마시려나

지반을 휘감듯
기꺼이
물처럼 흘러 안겨야지

거스르려 하지 않고
흐름을 타고 노는 자유로

그리 있어야지

빛

투명한 유리창 넘어 들어온
늦봄의 진한 빛이

벽에 기대어
길게 늘어져서는
태연히
나를 기다린다

어느 때고 열려 있다던
저 문은

저무는 해 넘어가며
가늘어져
닫혔어도

내일이면
그 자리에 있다

너는 거기 있어
내게 온다

우리의 우정이
빛살을 타고 온다

오색

오색이 깃든
처서의 단풍나무
그러하듯

태생이 내뿜는
모든 색들

들추어 살아가는 것에
주저하지 않을
본색들이다

아름다움

부디
아름답다
여기지 못하는 곳에서부터
아름다움을 보기를

지천에 자리한
미의 면모조차 보지 못하는
눈먼 마음들 거두니

속박하던 시선도
느슨해져만 간다

부디
아름답다
여기는 몫은
자신에게 두기를

아름답다는 건
나다울 뿐이니

너 있는 그대로가
온전하다

반달

반달이
떠올라

모서리 진 한구석
겉이 모나게 보여져도

휘영청
둥근 마음만이

그 안에 있음을
잊지 않았다

야위어도
너른 달빛
널찍이 뿌려 오던

그런 너를
잊지 않았다

메아리

삶은 가끔
떫고 씁쓸한
절벽 끝에 주저앉아
너를 운운할 테지만

더 크게 짚고 일어서
우렁찬 메아리
목청껏 외쳐보면

산들 누빈
지혜가 하나둘 울려온다

몸소 겪지 않고는
낫는 법을 알 수 없는 일이니

앓았기에
알게 된다

꽃길

너는
나고 자라길
꽃이었으니

느긋이
꽃길만을 거닐었겠다

무릇
단정 짓는

나의
무지한 관계들에게

여전히도 가끔은
간절히 웃고 싶기에
웃어 보이고 있다

언제까지나
꽃의
숙명이다

만뢰

만뢰(萬籟)가
출렁이기 시작한다

가슴팍 안쪽에서 툭
밀쳐낸 것이
얼굴까지 차올라선
낮꽃을 피우고

수줍은 두 볼
붉게 단장하니

이는
무척이나
사랑스러움이다

정원

정원 한가운데 심어진
분수와 같은
꽃대여

이 땅의 허무를 덮으려
터지며 번지는

너는
환심을 얻고

나는
넋을 잃는다

보름달

가녀린 손가락에
초승달 여럿 떠 있다

끝없이 자라나도
보름달 못되었는데

자른 열 손톱
한곳에 모아 두니
어느새 보름달이다

이참에
가려운 너의 속 긁어주려
오므려 보니

보름달 꽃 한 송이
손에 피어
어느새 초승달 꽃잎들이다

봄

잎사귀에 모여든
겨우내 빗방울
실컷 넘실거리다

서린 공기 쓸어 담으며
후두둑
땅으로 쏟아진다

무너짐인 줄 알았던
당찬 내려감이

촉촉한 숨을
불어 넣으니

땅은 작년의 푸릇함을
회상한다

봄이 온다

어린아이
한낮에
그네 타는 마음이 온다

물

정제되지 않은
향을 발산하는
꽃처럼

얽매이지 않은
동향을 타고 노는
물처럼

가미 되지 않은
날 것
그대로

그러한
나로

일일초

하루의 끝
묵은 한편에

명상을
입힌다

매일
일일초 한 송이
이 안에 피워
풍성해진다

3

드넓은 꿈으로

단풍잎

나의 잰걸음을
요란히 맴도는 단풍잎

남모를새 집어 들어다
빈 가지에 얹으면

너의 시간은
한 번 더 흐르려나

청명한 가을 하늘
따사로운 공기
초겨울의 내음
간직한 너는
조금 더 많은 사랑을 받다

눈꽃에게
그 자리 내어줄 때면

처음인 듯
아름답게 지어

다시
발등에 닿아 주기를

알록달록한 그 손과
깍지 끼고
겨울로 들어갈 테니

고목

흙이 인사하려
어린나무로
손을 내민다

뿌리는
보다 밝은 생 꾸려 보려
줄기로 환생한다

이대로라면

저 큰 고목의 뿌리

땅을 짚으려
움켜쥔 것이려나

땅을 밀며
밟고 일어선 것이려나

그게
무엇이든

씩씩한 너의 기상이
나는 반가웠다

틈새

우리는
그저 하나의 틈새

흘러든 삶의 부유물들을
내내 거두어

나름의 의미를
스스로 메꾸어 갈 뿐이다

언젠가
막아진 틈으로
그 흐름 멈춰 설 때까지
아주 느린 춤을 추고 있는 것이다

그리
완강해질 필요도
무력해질 필요도 없다

싹

함부로

밀어달라
등을 보이지 않는다

잡아달라
손을 내밀지 않는다

나는
걸출한 싹의 느긋함으로 있다

무엇보다 수려한 자세로
크고 있다

노화

하나둘
잊어가며

뉘엿이
잊혀가며

늙어가자던
순리에는 따랐어도

이슬에 축축이 젖은 꽃
흔들리는 갈대에 핀 꽃
노화라 하기에

우리 여전히
꽃처럼 아름답다

운명

시간은
희미한 차원에서

저 미지의 고도에서
이리 오라 한다

기나긴 운명을 타고
서슴없이 따라가

삶의 진정함과
포옹하는
나를 만난다

향기

한 철
추억으로 삼기에는
너무도 그득하여

도통 잊을 가망이
이곳에는 없다

뉘어진 꽃잎
울창한 숲속
눅눅한 잔디

향기로운 너를
한결같이 사모하며
호흡하는 수밖에

냇물

삶에
엄동설한 찾아온들

여지없이
섬기는 자연이다

들꽃에게
심을 묻고

냇물에서
길을 보며

차마
놓을 줄 모르던 때를 지나
우연히 온다

초화

멀끔한 백지장
펼치어

진한 삶의 정점
만물을 이은 곡선
세월에 물든 얼룩
곁들임은

대작을 위한
초화였거늘

오랜 그려짐은
그리하여
꽃을 피워내는 풀
초화가 되려 한다

연꽃

수심 가득 저민 심정
탁한 수심 아래 감추고

연분홍빛 안색만을
밖으로 들었다

진흙물에
사지를 담그고도

연꽃은
온화함으로 있다

연못에 오롯이 떠 있는
우리의 강인함이
아름답고 또
아득하다

땅

한 줌 되어
이 땅에 얹혀짐이

자연의 이치
거스르지 않는 꽃
거스르지 못하는 인간
다르지 않았음에

함께 피다
함께 진다

나의 평안이 아름답도록
순백의 환희
건네 오던
꽃은

억겁이 지나서도
태초의 언약을 하고 있다

인정

칠흑 같은 동굴에서
그늘을 찾는다

가시밭길 한가운데
몸을 눕힌다

물 위에
불씨를 지핀다

인정받으려
애쓰는
우리의 모습들

허나
이 모든 호소들
인간의 정을 받고 싶다는
시대의 고백은 아니었나

대가 같던
인정이 아닌

인간이기에
나눌 수 있던
인정이 아니었나

별

희뿌연 새벽녘에
퍼런 보랏빛 물들며

열어 오던 새날이
달갑지 않은 적 있었다

그런 어느 날

유일한 곁을 내어 준
별에게
나를 물었다

오목한 손끝으로
저 반짝임들
꿰매어 이으면

별의 자리에서
들려줄 것만 같아

기대하며
기대었다

마땅한 마음을
마련하지 못한 채

들이는 아침이
어려웠다

이생

어찌하여
이생에 왔는가

여느 나그네
연유를 물어오니

슬퍼서 왔노라고
피우지 못하는
꽃들이 아파
함께 울어
덜어주려

기뻐서 왔노라고
피우는
꽃들이 아름다워
함께 웃어
더해주려

나직이 전하면서

이생
어찌해야

그 언저리에 닿으려나
침잠한 영혼과
사색을 편다

소로

인적 없는
외딴 소로에 들어서니

넝쿨은 가로막고
돌은 넘어트리고
나뭇잎은 손사래 쳐
몹시도 다난하다

그럼에도
이 길
닦으려 함은

휘고 굽은
나의 길
동조하며 뒤따라올
너의 호사를 위함이다

변화를 멈추지 않는
이곳에서

너만은

믿고 거닐며

편히 누리도록

변하지 않을 것들을

찾아간다

하늘

잔뜩 우거진 나무들
어엿한 천장이 되어

그 가운데
뚫린 하늘에다
작은 창을 열어 두었다

오직 나의 구도만을 허락한
저기에서

유럽 떠나오던
비행기 밖의 창공

꽃밭의 어린 나
사진으로 담으시던
어머니의 어깨너머로
청청했던 구름

그런 것들을 본다

무성해져

닫힐지라도

희망하는 어디서든

활짝 열어

마음껏 회상하련다

달맞이꽃

모두가 빛을 잠가 둔

묵언으로 깜깜해진
세상의 한 때

외로이
밝히려
나선 달을

돕겠다
따라나서던
달맞이꽃

달이 피면
저도 일어나

동행으로 화답하던
노오란 마음

보석

늘
특이하고
별났다면

줄곧
특별했다

갈변하는 이 세계에
그 얼마나 귀함일지

본디
원석은
그러한 태가 나니

너는 분명
보석일 테다

우물

마르지 않는
우물에
빠져 있나

길어 퍼내고
바닥 드러나면
그때는 모조리 비우려나

하다가도

나는 별수 없어
생각에게 농도를 묻는다

그것이
단상일 수 있겠느냐고

새살

이따금 일어나는
감정의 소모

나는 그것이
탈각이란 기억에
더 가깝길 바랐다

한 꺼풀 떨쳐내고
보들보들한 새살 움트니

흠이 났었기에
깊이 연해진다

아무는 동안의
아는 아픔만이
잠시나마 두려움을 들켰을 뿐

탈피할수록 짙어지던
성숙의 흔적에는
버려질 것이 없다

희망

어여쁜 씨앗
줄지어 나란히
이 마음에 한가득 심으니

어여쁜 마음씨가
풍년이다

기쁜 기색들
여기저기 찾아오니
희망이 훤하다

대지

대지의
모든 초록을
한눈에 담을 순 없듯

대양의
모든 파랑을
한 손에 담을 순 없듯

쉽사리
가늠할 만한
꿈이 아니다

너무도 장대한 그것은
아른거려야만 한다

설국

간밤에
설국이다

설야의 여운조차
느낄 겨를이 없던
내 안의 소란함과

더 깊숙이
내밀하게 배회하려는
걱정을 이고 나선다

세찬 눈발이
금세 덮어줄 그곳에
모두 흩뿌리고

시린 눈밭에 드러누워
환기를 부른다

도무지 가지지 않던
하얀 평온에
가보는 것이다

아침

무수한
일어남에 대하여

미화하고
승화하며
정화함은

살갑게
넘어서기 위함이다

이튿날
켜는 기지개에

가뿐히 벗어난
껍질만이
솜이불처럼
덩그러이 놓이는

아침이다

느티나무

뒷동산에 걸터앉아

느티나무의
늘어진 팔과 어깨
한참을 바라보니

일으켜 주려
들린 하늬바람에게
너는 들려준다

하늘로
뻗어야만 하는가

땅에 닿고자
이리 휘날리는 걸
정녕 모르는가

꿈의 모습이 다르다 하여
꿈이 없는 것은 아니니

그러니 우리
단 한 번도
꿈을 꾸며
비틀거린 적 없다

그저
꿈을 꾸고 있는 자의
부단한 몸짓이다

나뭇가지

번성한
나뭇가지

인연을 이해하는
모양새다

볼록한 이음새로 만나
곧게 뻗다가도

나뉘어진 갈래는
어느 사연을 두었던가

마디의 끝마다
공허를 겪고도

다시금
새로이 맺는 것이다

해

호기롭던 시작이
떠오르지 않을 만큼

지는 순간마저
아름다움을 다하는 것들

가라앉는 해
마른 꽃
채운 하루
비행하는 낙엽
달궈져 간 노력
살아온 인간

그 모든 감격의
끝에 앉아

살아지고 있다
살아서 지고 있다

잎사귀

잎사귀조차
예를 다해
정연히 피어나니

어찌
한낱 인간이면서
예를 다하지 않으려나

자연은
한사코 가르치기에

연둣빛 미덕
가지런히 익히고서
가련다

불꽃

세워지는 마음을 굽혀
두 무릎은 초심을 빌고

흩어지는 정신을 모아
두 손은 초연에 이르는

너는 나의 심연이다

그 바닥이 바래지도록
자리를 틀고
그쯤에 불꽃을 틔우니

점차 밝혀오는 아늑함은

생의 굴레만 한
원을 드리운다

사시사철

설익은 채
움직이면
기척 없이 따라오던
설움이다

파르르 떨려오던
눈꺼풀의 날갯짓도
사시사철을 무르익어

이젠 낯설지가 않아
질끈 감으니
물러진다

나는 이것이
내 안에 거름 되어
사라지게 한다

설움 보내주는
적당한 익어감만을
둔다

물방울

흙 속을 헤엄치는
물고기

물속을 나는
새

불 속에 맺힌
물방울

잠재워지지 않는
이러한
꿈들을

무어라 하나

부풀어
커져만 간다

온기

볕 좋던 날
새싹들 찾아가
나는 온기가 되었다

여태 살아오며
갖은 빛을 보았는데

고사리 같은 손 흔들던
그 작은 눈망울이

아직도 내게는
가장 귀한 벅차오름이다

이듬해에도
너희는 희망이라
전하기 위해

나는 오늘에서
전부를 건다

들꽃

작디작은
들꽃이
홀연히 새어 나와
긴히 전한다

이 넓은 평야에서
이만치 선명한
직감이란

어쩜
나를 향한
미래의 누설이다

한 번쯤 꽃의 언어로 물어야겠다

초판 1쇄 인쇄	2024년 1월 29일
초판 1쇄 발행	2024년 2월 16일

지은이	이율

펴낸이	이장우
책임편집	송세아
디자인	theambitious factory
편집 제작	안소라 김소은
관리	김한다 한주연
인쇄	금비PNP

펴낸곳	도서출판 꿈공장플러스
출판등록	제 406-2017-000160호
주소	서울시 성북구 보국문로 16가길 43-20 꿈공장 1층

이메일	ceo@dreambooks.kr
홈페이지	www.dreambooks.kr
인스타그램	@dreambooks.ceo

전화번호	02-6012-2734
팩스	031-624-4527

ISBN	979-11-92134-59-8
정가	13,000원